BERNARD BONAFOUX

De l'Académie des Poètes.

LES
DERNIÈRES ÉTRIVIÈRES

NOUVELLES SATIRES CONTRE L'IMPIÉTÉ

Prix : 50 Cent.

EN VENTE

CHEZ MARIUS VIDAL, LIBRAIRE-ÉDITEUR

Grande-Rue, à Brignoles.

1877

DU MÊME AUTEUR

Les Sonnets de Provence, en vente chez André Sagnier, rue Vivienne, 9, Paris.

Les Étrivières, en vente chez Marius Vidal, à Brignoles.

Pour paraître sous peu

Les Joies et les Larmes, poésies, 1 fort volume in-8°.

Tant va la Cruche à l'Eau, proverbe en 1 acte, en vers.

Les Dupes d'eux-mêmes, comédie en 1 acte, en vers.

Le Retour, idylle en 1 acte, en vers.

LES

DERNIÈRES ÉTRIVIÈRES

Nouvelles Satires contre l'Impiété

PAR

BERNARD BONAFOUX

A CERTAINS CRITIQUES

Esprits superbes, délicats,
Pourquoi vous creusez-vous la tête
Pour savoir si je suis poëte
Ou bien si je ne le suis pas?

Que vous importe, si ma Muse
Ne chante que sur un seul ton
Comme ferait un mirliton;
Ça vous déplaît, moi ça m'amuse.

Je veux, sur l'heure, être pendu,
Ou ne plus toucher à ma Lyre,
Si, quand je chante en mon délire,
De vous je pense être entendu.

Ne croyez pas que je redoute
Ni vos discours, ni vos écrits:
De tout cela, ma foi, j'en ris,
Et chanterai, coûte que coûte.

Je ne crois pas être parfait,
Encore moins être louable,
Je ne dois rien à mon semblable,
Et je suis ce que Dieu m'a fait.

Or Dieu, dans sa bonté de Père,
A daigné mettre dans ma main
Cet instrument doux et divin
Qui sait soulager ma misère.

Et, quand je chante sa grandeur
Dans mon infime petitesse,
Je ne crois pas que ça le blesse,
Car ma louange part du cœur.

IXme OLYMPIADE. f° 383. — 1874.

LES RICHES EN ESPRIT

Dans vos discours parfois, même dans vos écrits,
Nous sommes, dites-vous, des pauvres en esprits :
Nous redoutons l'enfer, nous croyons aux miracles,
Nous évitons aussi les scandaleux spectacles ;
Du bon et vieux curé nous suivons les avis
Afin de parvenir aux célestes parvis ;
Et jamais notre cœur ne cherche ou ne réclame
Les plaisirs corrupteurs qui vous gangrènent l'âme.
Et cela vous étonne ! à vos yeux éblouis
Nous sommes affaiblis à rester dans nos lits ;
Notre esprit abéti se meurt dans l'indigence,
Notre âme est constamment en proie à la démence ;
Nos corps, nos pauvres corps, hélas ! qu'en dites-vous ?
Qu'ils ont tort, n'est-ce pas, de se mettre à genoux ;
Et que la pauvreté semble englober notre être,
Tandis que vous... ô vous ! Faites-vous donc connaître,
Montrez tous vos trésors à notre étonnement !
Vos esprits sont construits en or, en diamant,
Et ne veulent aimer ni Dieu, ni les fétiches ;
Ils sont tant éclairés, en tout, ils sont si riches,

Qu'il ne leur reste rien à connaître, à savoir.

Allons, beaux généreux, faites votre devoir ;

Puisque vous êtes tous trois fois millionnaires,

Tendez vers l'ignorant vos deux mains débonnaires.

Il est vrai que Pascal, Bacon, Chateaubriand,

En sciences étaient pareils au mendiant ;

Grâces à vous, à vos lumières fraternelles,

Ils se sont abreuvés du lait de vos mamelles ;

Sans vos dons généreux seraient-ils devenus

Des penseurs, des savants ? Ils seraient inconnus.

Oh ! pour eux mille fois merci de vos largesses ,

Vous faites noblement emploi de vos richesses.

Votre vieil Arouet était riche en esprit :

C'était un Gorgias ! mais à la fin il prit ,

Soit dit, entendons-nous, sans souiller sa mémoire ,

Un vase qui jamais n'a dû servir à boire ,

Afin d'en déguster, dit-on , le contenu !

Parmi ses vieux amis il fut bien convenu

Que ce produit de l'art des fabriques de Sèvres ,

N'approcherait jamais jusqu'aux bords de ses lèvres.

Voltaire put pourtant satisfaire son goût (1),

---

(1) Par un effet redoutable des jugements de Dieu, Arouet est mort dans des accès de fureur et de désespoir, en criant : *je suis rejeté de Dieu et des hommes,* dans les convulsions de la rage, se mordant les doigts et les bras, dévorant ses propres excréments, dans des raffinements de blasphèmes, que ni Vanini, ni Julien n'ont imaginés au moment de leur cruel trépas: spectacle effrayant et qui, au jugement de M. Tronchin, son médecin, *aurait détrompé tous ses disciples s'ils avaient pu être présents.*

(Voir son article dans le *Dictionnaire Historique.* Ausbourg, 1781.)

Et tous les assistants en eurent le dégoût.
Ainsi, mes beaux Crésus, ayez-en l'assurance,
De très-près ou de loin, malgré votre science,
Vous finirez ainsi. C'est le lot de l'orgueil,
De se désavouer aux portes du cercueil.

LES HYPOCRITES

DE L'ATHÉISME

L'on ne peut douter qu'il n'y ait des hommes athées,
c'est-à-dire des hommes qui nient l'existence de
Dieu, mais il n'est guère possible qu'ils le fassent sin-
cèrement et que leurs paroles expriment leurs vrais
sentiments. L'homme qui prêche aux autres cette
monstrueuse opinion dit en lui-même : il y a un Dieu.

F. X. DEFELLER.

I

« Quoi ! Vous croyez en Dieu ? Sans rougir et sans crainte

« Vous osez l'avouer ici, dans cette enceinte ?

« Dans un noir cabaret faire de tels aveux,

« Faut-il que vous soyiez le plus audacieux

« Des croyants ? Il en est qui prêchent sans ambage

« Les grandeurs du Très-Haut et le pèlerinage ;

« D'autres, qui ne craindraient, pour confesser leur foi,

« Ni le peuple ameuté, ni les décrets du Roi ;

« Et qui, sans balancer, marcheraient au martyre,

« En saluant la mort d'un gracieux sourire :

« Fatale illusion ! Je ne suis point jaloux

« D'espérer, de penser et faire comme vous.

« Je vous laisse l'espoir d'un avenir de gloire,
« Faute de mieux, gardez ce bonheur illusoire ;
« Vers un but incertain marchez donc à grands pas,
« Vous aurez le néant à l'heure du trépas,
« Pauvre mystifié ! Les suprêmes délices,
« Couronnement béni de tous vos sacrifices,
« Qui peut les garantir ? A quelle autorité
« Pouvez-vous emprunter votre sécurité ?
« Pour la réalité vous prenez un fantôme,
« Vous êtes un enfant, et moi, je suis un homme.

II

« De mon récit croyez à la sincérité,
« Comme l'oiseau du ciel j'aime ma liberté,
« Et je nie à bon droit ce qu'on ne peut comprendre.
« Je donne aussi mon cœur à qui veut bien le prendre.
« Vers un problématique et douteux avenir,
« Où, dites-vous, on doit et maudire et bénir,
« Je vais sans nul souci, car dans ma vie étrange
« J'ignore d'où me vient le froment que je mange,
« Me préoccupant peu de qui l'a fait germer,
« Et ne pensant jamais à qui sut le semer.
« Des plaisirs défendus par votre loi divine,
« Je jouis à mon gré ; quant à la discipline

« Qu'il vous plaît d'observer, j'espère assurément
« En rire avec raison jusqu'au dernier moment.
« Dans la création tout se lie et s'enchaîne,
« Vers l'amour naturel tout se penche et s'entraîne,
« L'homme qui de ce monde est, dit-on, maître et roi,
« S'il se violentait, abdiquerait son droit.
« Votre Dieu créateur aurait par trop à faire
« S'il voulait ordonner aux choses de la terre.

III

Cet étrange discours, dès le premier moment,
Provoqua dans mon cœur un grand étonnement !
C'est qu'il fut débité par ce hardi du monde,
Aux amis accoudés sur une table ronde,
D'un ton persuasif, et, tous dans leurs transports, .
Pour l'acclamer en chœur, unissaient leurs efforts.
Ils riaient aux éclats, ils buvaient à plein verre,
Ils osaient affirmer qu'au ciel et sur la terre
Le Maître, le Dieu grand, n'existe pas du tout.
Je sentis dans le cœur ma patience à bout,
Et, l'indignation colorant mon visage,
D'un geste j'arrêtai cet impudent langage,
Et leur dis : autrefois vous fûtes mes amis
Et vous l'êtes encor, donc, qu'il me soit permis

De ne vous point mentir ainsi que vous le faites.
Beaux parleurs, écoutez, voici ce que vous êtes :
Des poltrons ! Nul de vous ne montre sur le front
Ce qu'il a dans le cœur ; vous voyez, je suis prompt
A vous faire tomber le masque du visage :
L'un de vous, l'an dernier, fit un pèlerinage
Seul avec son épouse, une fois prosterné
Aux pieds des saints autels, il dit : « qu'un nouveau-né
« Rende la douce joie et le bonheur suprême ,
« Au cœur si suppliant de l'épouse que j'aime. »
Je voudrais sur le champ tomber anéanti,
S'il donnait à ma voix l'ombre du démenti,
Voilà pour un. Amis, veuillez, sans m'interrompre,
Écouter un discours qui ne peut vous corrompre ;
Il vous étonnera : dans ma sincérité
Je dois vous dire ici toute la vérité :
Cet autre, que voilà, ce marin intrépide
Dont le regard distrait a l'air presque timide ;
Redoutant les périls d'une mer en courroux ,
Il crut les éloigner en tombant à genoux
Sur le pont du navire ; il frappait sa poitrine ,
Espérant obtenir la clémence divine.
Qu'il dise si j'invente, ou bien si je dis vrai,
Vous êtes confondus ! Écoutez, je suivrai
Mes récits indiscrets , et sans plus de scrupule,
Je vous démontrerai qu'un homme est ridicule

En affirmant souvent ce qu'il ne pense pas.
Ce troisième farceur qui prononce si bas
Ce que sa faible voix ne veut me faire entendre,
Avait-il quelque argent, quand son oncle alla rendre
Son âme au Créateur? Il n'avait rien, non rien !
Il fit, à ce qu'on dit, un acte de chrétien,
Il jeûna, fit prier, pour avoir l'héritage ;
Escalada nus-pieds jusques à l'hermitage.
Faut-il continuer? Parlez : « non, c'est assez »
Dirent-ils en partant « nous sommes menacés
« De paraître en tous points ici ce que nous sommes »
Moi je suis un enfant et vous êtes des hommes.

LE CONVOI FUNÈBRE

Quand le facteur rural s'en va de porte en porte,
Par des lettres de deuil annonçant qu'une morte,
Un mort, si vous voulez, il m'importe fort peu,
A su chrétiennement rendre son âme à Dieu,
Au bas de la missive on lit : c'est à telle heure
Qu'on doit se réunir où le défunt demeure ;
Et chacun en pliant sa lettre dit : ma foi !
J'aurai soin de ne pas manquer à ce convoi,
Et ne pouvant alors contenir un sourire,
On ajoute : pourquoi m'invite-t-on à dire
Quelques *De Profundis ?* On suppose vraiment
Que je sois un dévot. Du dernier Sacrement
S'il s'en va tout muni, j'ai la ferme espérance,
Qu'il a reçu là-haut sa juste récompense,
Et quand le lendemain le vieux sonneur est las,
De tant carillonner, après le dernier glas,
Les soi-disant amis, la moindre connaissance,
Suivant le sarcophage avec indifférence,
Pérorent sur le vent, la foudre et le beau temps.
Pour grossir au coup-d'œil les nombreux assistants,
Ils s'en vont deux par deux ; un régiment de ligne
N'observerait pas mieux et l'ordre et la consigne.
Écoutez dans les rangs, on y parle très-bas,
L'un dit à son voisin : « moi, je ne comprends pas

« Ce que font nos savants dans leur Académie,
« Puisqu'on ne peut guérir l'affreuse maladie
« Qui va nous obliger à nous sevrer de vin.
« L'autre ajoute, en riant, avec un air malin :
« Si j'ai d'un vieux pendard escompté l'existence,
« C'est qu'il a, m'a-t-on dit, une fortune immense,
« Et je crains qu'il ne vive autant et plus que moi. »
    Voilà les entretiens d'un funèbre convoi !
    Bien rarement, hélas ! on répète, on échange
    Un seul mot de regret ou la moindre louange
    A l'adresse du mort; je crois en vérité,
    Que l'on n'y pense plus ! ô triste humanité !
    Nous voici doucement arrivés près du temple ;
    Quelques amis réels, voulant donner l'exemple
    Des devoirs à remplir, franchissent du saint lieu
    Le seuil du grand portique et s'inquiètent peu
    Si les regards moqueurs, l'amère raillerie,
    Atteindront la hauteur de leur âme qui prie.
    Au dehors, on dirait une foire, un bivouac ;
    L'un prend de la liqueur et l'autre du tabac ;
    Plusieurs voudraient entrer et s'asseoir dans l'église
    S'ils n'étaient aperçus, mais, craignant qu'on ne dise
    Qu'ils prient pour les morts, ils vont dans tous les sens
    Évitant l'eau bénite et l'odeur de l'encens.
    O stupides poltrons ! Qu'une fois en ma vie
    Je flagelle à mon gré ce manque d'énergie.

UNE FORTE TÊTE

Oh ! vous me demandez, ami, si je l'ai vue
Cette procession ? insensé, croyez-moi,
Je n'oserai jamais exhiber tant de foi
Et rester en public longtemps la tête nue.

Je suis anti-chrétien de sûr, voilà pourquoi
Vous n'entendez jamais marmoter dans la rue
Des *Paters* à ma femme ; elle est assez connue
Pour avoir en horreur et le culte et sa loi.

Elle fait en tous points ce que ma voix ordonne.
Au confessionnal elle ne paraît pas,
Et les péchés de mœurs qu'on accuse bien bas,

Sans regret; sans effort, mon cœur les lui pardonne.
Moi, pour saluer Dieu, j'oppose mon refus :
Je garde mon front haut et ce que j'ai dessus.

TABLE

Brignoles. — Typographie de A. VIAN, rue du Portail-Neuf, N° 3.

www.ingramcontent.com/pod-product-compliance
Lightning Source LLC
LaVergne TN
LVHW010208060726
842524LV00005B/2061